DAS EISERNE HERZ

Philip Pullman

DAS EISERNE HERZ

Aus dem Englischen von
Wolfram Ströle

Mit Illustrationen von
Volker Kriegel

CARLSEN

1 2 3 00 99 98

Originalverlag: Transworld Publishers Ltd., London
Originaltitel: Clockwork Or All Wound Up
This edition is published by arrangement with Transworld Publishers Ltd., London.
Einbandgestaltung: Volker Kriegel
Satz: Dörlemann Satz, Lemförde
Druck und Bindung: Pustet, Regensburg
ISBN 3-551-55152-9
Printed in Germany

UHREN: EIN VORWORT

In jenen längst vergangenen Tagen, als diese Geschichte sich zutrug, wurde die Zeit noch mechanisch gemessen, das heißt mit richtigen Uhren mit Federn, Zahnrädchen, Pendeln und so weiter. Wer eine solche Uhr auseinander nahm, sah, wie sie funktionierte und wie man sie wieder zusammensetzen musste. Heute wird die Zeit elektrisch, mit schwingenden Quarzen und was weiß ich noch allem, gemessen. Man kann sogar Uhren mit Solarzellen kaufen und Uhren, die mehrmals am Tag durch ein Funksignal gestellt werden und nie eine Sekunde nachgehen. Ich habe keine Ahnung, wie das funktioniert, es grenzt für mich an Hexerei.

Ein einfaches mechanisches Uhrwerk ist schon geheimnisvoll genug. Da ist die Feder, die Hauptfeder eines Weckers zum Beispiel. Sie besteht aus gehärtetem Stahl, und ihre Kanten sind so scharf, dass man sich daran blutig schneiden kann. Spielt man damit und passt nicht auf, fährt sie wie eine Schlange hoch und sticht einem das Auge aus. Dann gibt es das Gewicht, etwa das eiserne Gewicht einer großen Kirchturmuhr: Stürzt ein solches Gewicht herab und man steht zufällig darunter, zerschmettert es einen.

Doch mit Hilfe verschiedener Räder und Stifte, der hin- und herschwingenden Unruh oder einem Pendel wird die Spannkraft der Feder und die Kraft des Gewichtes auf ganz harmlose Weise als Antrieb der Uhr und ihrer Zeiger genutzt.

Hat man die Uhr freilich aufgezogen, liegt etwas Unheimliches darin, wie sie erbarmungslos weitertickt. Stetig, wie von einem eigenen Geist beseelt, kreisen die Zeiger um das Zifferblatt. Ticktack, ticktack! Unaufhörlich rücken sie weiter und bringen uns dem Grab näher.

Es gibt Geschichten, die genauso sind. Hat man sie erst in Gang gesetzt, kann nichts mehr sie anhalten; unaufhaltsam schreiten sie zu dem ihnen bestimmten Ende fort, und wie sehr die darin auftretenden Personen sich auch gegen ihr Schicksal sträuben mögen, es nützt ihnen nichts. Eine solche Geschichte ist die folgende. Und jetzt, da wir sie gleichsam aufgezogen haben, können wir anfangen.

ERSTER TEIL

Es war einmal ein kleines Städtchen in Deutschland, und dort trug sich in jenen längst vergangenen Tagen, als die Zeit noch mechanisch gemessen wurde, eine seltsame Begebenheit zu oder vielmehr eine ganze Reihe von Begebenheiten, ineinander verzahnt wie die Rädchen einer Uhr. Und obwohl jeder der daran Beteiligten einen Teil sah, überblickte doch keiner das Ganze. Doch hier ist die Geschichte, so gut ich sie erzählen kann.

Sie beginnt an einem Winterabend, als die Bürger des Städtchens sich im Gasthaus »Zum Schimmel« versammelten. Von den Bergen herab schneite es, die Glocken des Kirchturms wiegten sich unruhig im Wind. Die Fenster waren beschlagen, im Ofen knisterte ein lebhaftes Feuer, und Putzi, der alte schwarze Kater, döste am Herd. In der Stube roch es würzig nach Würstchen und Sauerkraut, Tabak und Bier. Gretl, die junge Kellnerin und Tochter des

Wirts, eilte mit schäumenden Krügen und dampfenden Tellern zwischen den Tischen hin und her.
Die Tür ging auf, und dicke, weiße Schneeflocken stoben herein und schmolzen in der Hitze der Gaststube. Die Neuankömmlinge, Uhrmacher Ringelmann und sein Geselle Karl, stampften mit ihren Stiefeln auf und schüttelten den Schnee von ihren Mänteln.
»Sieh an, Uhrmacher Ringelmann!«, rief der Bürgermeister. »Kommt herein, alter Freund, und trinkt mit mir! Und einen Krug für den jungen Dingsda, Euren Gesellen.«
Karl, der Geselle, nickte zum Dank und setzte sich abseits in eine Ecke. Seine Miene war düster.
»Was ist denn mit dem los?«, fragte der Bürgermeister. »Er sieht aus, als hätte er eine Gewitterwolke verschluckt.«
»Macht Euch seinetwegen keine Sorgen«, erwiderte der alte Uhrmacher und setzte sich zu seinen Freunden an den Tisch. »Er ist nur wegen morgen aufgeregt. Morgen endet seine Gesellenzeit, wie ihr wisst.«
»Ach so, natürlich!«, sagte der Bürgermeister. Es war Brauch, dass der Geselle eines Uhr-

machers, wenn seine Gesellenzeit zu Ende ging, eine neue Figur für die berühmte Uhr von Glockenheim anfertigte. »Dann bekommen wir morgen also eine neue Figur für die Turmuhr! Ich bin wirklich gespannt.«

Die berühmte Uhr von Glockenheim war der erstaunlichste Uhrenmechanismus von ganz Deutschland. Wer alle Figuren sehen wollte, musste ein ganzes Jahr warten, denn der Mechanismus war so komplex. Es waren insgesamt über hundert Figuren.

»Ich erinnere mich noch an das Ende meiner Gesellenzeit«, sagte der Uhrmacher. »Ich konnte nicht schlafen, weil ich die ganze Zeit daran denken musste, was wohl geschehen würde, wenn meine Figur aus der Uhr kam. Wenn ich nun die Zähne an den Rädern falsch gezählt hatte? Wenn ich – ach, tausend Dinge gehen einem durch den Kopf. Die Verantwortung wiegt schwer.«

»Mag sein, aber ich habe den Burschen noch nie so finster dreinschauen gesehen«, sagte ein anderer Gast. »Und er ist auch sonst keine Frohnatur.«

Es schien den anderen Gästen, als sei der Uhrmacher selbst ein wenig niedergeschlagen, doch dann stieß er mit ihnen an und wechselte das Thema.

»Wie ich höre, will der junge Geschichtenschreiber Fritz uns heute seine neue Geschichte vorlesen«, sagte er.

»So ist es«, bestätigte der Bürgermeister, »und ich hoffe, sie ist nicht so schrecklich wie die letzte. Dreimal bin ich in der Nacht mit gesträubten Haaren aufgewacht, weil ich fortwährend an sie denken musste.«

»Ich weiß nicht, was schlimmer ist, die Geschichte hier in der Gaststube zu hören oder sie später allein zu lesen«, sagte jemand anders.

»Sie allein zu lesen ist schlimmer, glaubt mir«, sagte ein Vierter. »Geisterhafte Finger streichen einem über den Rücken, und selbst wenn man weiß, was als Nächstes passieren wird, zuckt man doch zusammen, wenn es eintritt.«

Dann sprachen sie darüber, ob es schrecklicher sei, eine Gespenstergeschichte mit unbekanntem Ende zu hören oder eine mit bekanntem

Ende – im ersten Fall war die Überraschung größer, im zweiten war man darauf gespannt, wann es so weit sein würde. Alle mochten Gespenstergeschichten und ganz besonders die von Fritz, denn er war ein guter Erzähler.
Fritz war ein fröhlich dreinblickender junger Bursche, der gerade am anderen Ende der Gaststube sein Abendessen verzehrte. Er scherzte mit dem Wirt, lachte mit seinen Tischnachbarn, und als er mit Essen fertig war, bestellte er noch einen Krug Bier, sammelte den Stoß Papier ein, der unordentlich neben seinem Teller lag, und setzte sich zu Karl.
»He, alter Bursche«, sagte er aufgeräumt. »Ist für morgen alles bereit? Ich freue mich schon darauf! Was wirst du uns vorführen?«
Karl sah ihn nur finster an und wandte sich ab.
»Launen des Künstlers«, sagte der Wirt wissend. »Trinkt Euer Bier und dann noch eins auf meine Rechnung, zu Ehren von morgen.«
»Schüttet Gift hinein, dann trinke ich es«, murmelte Karl.
»Wie?«, rief Fritz, der seinen Ohren nicht traute. Sie saßen am Ende des Schanktisches. Fritz kehrte der Gesellschaft den Rücken, um mit Karl unter vier Augen sprechen zu können.

»Was ist los, alter Freund?«, fuhr er ruhig fort. »Monatelang hast du an deinem Meisterstück gearbeitet! Du machst dir doch jetzt deswegen keine Sorgen? Es kann nichts schief gehen!«
Karl sah ihn bitter an.
»Ich habe gar nichts gemacht«, murmelte er. »Ich konnte nicht, ich habe versagt, Fritz. Die Uhr wird morgen schlagen, alle werden nach oben blicken, um zu sehen, was ich gemacht habe, und nichts wird herauskommen, nichts …« Er stöhnte leise und wandte sich ab. »Ich kann ihnen nicht in die Augen blicken!«, fuhr er fort. »Am besten, ich mache jetzt gleich Schluss und stürze mich vom Turm!«
»So darfst du nicht reden!« Fritz hatte seinen Freund noch nie so verzweifelt gesehen. »Rede mit dem alten Uhrmacher, frag ihn um Rat, erkläre ihm deine Lage – er ist ein anständiger Mensch, er wird dir helfen!«
»Du verstehst das nicht«, brach es aus Karl heraus. »Für dich ist alles ganz einfach! Du sitzt am Schreibtisch, greifst zur Feder, und schon fließen die Geschichten! Du weißt nicht, wie es ist, sich stundenlang zu plagen, ohne einen Einfall zu haben, mit Werkstoffen zu kämpfen, die brechen, und mit Werkzeugen, die stumpf

werden, im verzweifelten Bemühen, demselben alten Thema eine neue Seite abzugewinnen – ich sage dir, Fritz, es ist ein Wunder, dass ich nicht schon lange Schluss gemacht habe! Na ja, jetzt dauert es nicht mehr lange. Morgen könnt ihr mich alle auslachen, mich, den hoffnungslosen Versager, den ersten Uhrmachergesellen seit Jahrhunderten, der nichts zustande gebracht hat. Mir ist es egal. Ich werde auf dem Grund des Flusses liegen, unter dem Eis.«

Fritz hatte sich bemühen müssen, Karls Ausführungen über die Schwierigkeiten seiner Arbeit nicht zu unterbrechen. Geschichten zu schreiben war ebenso schwer wie Uhren zusammenzusetzen und konnte genauso leicht misslingen – wir werden es gleich bei Fritz' eigener Geschichte erleben. Doch Fritz war Optimist und Karl Pessimist, das war der entscheidende Unterschied.

Kater Putzi erwachte von seinem Nickerchen am Herd. Er kam und rieb sich den Rücken an Karls Beinen, doch Karl stieß ihn böse weg.

»Sachte«, rief Fritz.

Karl aber starrte nur finster vor sich hin. Er trank in tiefen Zügen, wischte sich mit dem Handrücken über den Mund, stellte den Krug

mit einem lauten Knall auf den Tisch und verlangte mehr. Die junge Kellnerin Gretl sah Fritz ängstlich an, denn sie war noch ein Kind und nicht sicher, ob sie ihm in seinem Zustand noch etwas nachschenken sollte.
»Schenk ihm ruhig ein«, sagte Fritz. »Er ist nicht betrunken, der Arme, sondern unglücklich. Ich passe schon auf ihn auf.«
Also füllte Gretl Karls Krug noch einmal voll. Der Uhrmachergeselle sah sie düster an und wandte sich ab. Fritz machte sich Sorgen um ihn, aber er konnte nicht bei ihm sitzen bleiben. Die anderen Gäste riefen ihn schon.
»He, Fritz! Wo bleibt deine Geschichte?«
»Verdiene dir dein Essen! Los! Wir warten schon alle!«
»Worum geht es denn diesmal? Skelette? Oder Gespenster?«
»Hoffentlich um einen grässlichen Mord!«
»Nein, soviel ich weiß, hat er diesmal etwas ganz anderes für uns, etwas ganz Neues.«
»Ich habe das Gefühl, es wird noch schrecklicher sein als alles, was wir uns in unserer kühnsten Phantasie vorstellen können«, sagte der Holzfäller Johann.
Während die Trinkenden sich die Bierkrüge

noch einmal füllen ließen, ihre Pfeifen stopften und es sich bequem machten, nahm Fritz sein Manuskript und setzte sich auf seinen Platz am Ofen.

In Wahrheit war ihm diesmal weniger wohl in seiner Haut als je zuvor bei einem dieser Geschichtenabende – schuld daran waren Karls Worte und das Thema seiner Geschichte oder jedenfalls deren Anfang, obwohl die Geschichte genau genommen ja gar nichts mit Karl zu tun hatte.

(Fritz war noch aus einem anderen, persönlichen Grund aufgeregt: Er hatte die Geschichte nämlich noch gar nicht fertig geschrieben. Den Anfang hatte er, einen gelungenen Anfang, aber ein Ende war ihm bisher nicht eingefallen. Er würde einfach anfangen, die Geschichte ihren Lauf nehmen lassen und sich ein Ende ausdenken, wenn es so weit war. Wie gesagt, er war Optimist.)

»Wir sind bereit und warten«, sagte der Bürgermeister. »Wie heißt die Geschichte denn?«

»Sie heißt«, sagte Fritz mit einem unruhigen Blick auf Karl, »sie heißt ›Das eiserne Herz‹.« Er räusperte sich, legte die Blätter ordentlich vor sich hin und begann zu lesen.

Fritz' Geschichte

»Ich weiß nicht, ob ihr euch noch an jene ungewöhnliche Begebenheit erinnert, die sich vor einigen Jahren im Schloss zutrug. Man versuchte sie zu vertuschen, aber einiges wurde doch bekannt, und ein seltsames Geheimnis kam zutage. Fürst Otto, so schien es, war mit seinem kleinen Sohn Florian und Baron Stelgratz, einem alten Freund der Familie, zur Jagd gefahren. Es war mitten im Winter, genau wie jetzt. In einem Schlitten hatten sie sich zur Jagdhütte in den Bergen aufgemacht, gegen die Kälte dick vermummt. Man erwartete sie in frühestens einer Woche zurück.

Doch es kam anders. Bereits am Abend des zweiten Tages bemerkte die Wache am Schlosstor, wie auf der Straße in einiger Entfernung heftiger Tumult entstand. Pferde wieherten wie in Panik, und es sah aus, als rase ein von einem Wahnsinnigen getriebener Schlitten auf das Schloss zu.

Die Wache schlug Alarm und rief nach Laternen, und als der Schlitten nahe genug war, sahen sie, dass es der Schlitten des Fürsten war, derselbe, mit dem Fürst Otto nur zwei Tage zuvor aufgebrochen war. Pfeilschnell flog der Schlitten hinter den Pferden über die Straße, nichts konnte ihn aufhalten. Der Offizier der Wache gab Befehl, schleunigst das Schlosstor zu öffnen, bevor der Schlitten daran zerschellte.

Sie schafften es gerade noch rechtzeitig. Der Schlitten sauste durch das Tor und fuhr im Hof unaufhörlich im Kreis herum, denn die Pferde waren wahnsinnig vor Angst und konnten nicht anhalten. Aus ihren Mäulern quoll der Schaum und sie rollten wild mit den Augen. Der Schlitten würde dort wohl heute noch im Kreis herumfahren, wäre nicht eine Kufe an einem hervorstehenden Pflasterstein hängen geblieben und hätte ihn umgekippt.

Der Fahrer fiel heraus und mit ihm ein Bündel aus dem hinteren Teil des Schlittens. Ein Diener eilte herbei, um es aufzuheben. Es war der kleine Prinz Florian, warm eingewickelt in ein dickes Fell und schlummernd.

Der Fahrer dagegen …

Nun, als die Wachen näher traten, erkannten sie ihn. Es war niemand anders als Fürst Otto selbst, mausetot und kalt wie Eis, die Augen aufgerissen und starr geradeaus blickend. Die linke Hand hatte die Zügel so fest gepackt, dass sie losgeschnitten werden mussten, die rechte (und das war das Seltsamste) bewegte sich noch. Sie schwang die Peitsche unaufhörlich auf und nieder.

Die Wachen deckten ihn zu, um der Fürstin den Anblick zu ersparen, und brachten ihr den kleinen Florian, damit sie sich überzeugen konnte, dass er lebte und wohlauf war, denn er war ihr einziges Kind.

Doch was sollte mit Fürst Otto geschehen? Man brachte den Leichnam ins Schloss und ließ den Leibarzt des Fürsten rufen, einen ehrenwerten alten Mann, der in Heidelberg, Paris und Bologna studiert und eine Abhandlung über den Sitz der Seele veröffentlicht hatte. Doch obwohl bewandert in Geologie, Hydrologie und Physiologie, hatte er so etwas noch nicht gesehen. Einen Leichnam, der nicht stillhalten wollte! Eiskalt lag er da, ausgestreckt auf einer Marmorplatte, und der rechte Arm sauste stetig durch die Luft, als wollte er nimmer ruhen.

Der Arzt schloss hinter sich ab, um ungestört zu sein, dann rückte er die Lampe näher und beugte sich über die Leiche. Etwas an der flüchtigen Art, in der der Fürst gekleidet war, ließ ihn stutzen. Dem peitschenden Arm ausweichend, löste er vorsichtig Mantel, Rock und Hemd, bis die Brust des Fürsten nackt vor ihm lag.

Und da sah er ihn, den tiefen Schnitt quer über die Brust direkt über dem Herzen, mit einem Dutzend Stiche grob zugenäht. Mit seiner

Schere schnitt der Arzt die Fäden auf und wäre vor Überraschung fast ohnmächtig geworden. Denn als er die Wunde öffnete, sah er, dass das Herz fehlte. An seiner Stelle saß ein kleines Uhrwerk, bestehend aus nur einigen Zahnrädchen und Federn und einer Unruh, kunstfertig an die Adern des Fürsten angeschlossen und unverdrossen tickend, in vollkommenem Gleichklang mit dem auf und nieder fahrenden Arm.
Ihr könnt euch vorstellen, dass der Arzt sich bekreuzigte und einen Schnaps hinunterstürzte, um seine Nerven zu beruhigen – jedem von euch wäre es genauso ergangen! Dann trennte er das Uhrwerk vorsichtig von den Adern und Nervensträngen und hob es heraus. Im selben Moment fiel der Arm herunter und blieb bewegungslos liegen.«

An dieser Stelle brach Fritz ab, um einen Schluck Bier zu trinken und weil er wissen wollte, wie seine Zuhörer die Geschichte aufnahmen. In der Gaststube herrschte atemlose Stille. Die Gäste saßen so bewegungslos da, dass sie selbst hätten tot sein können, wären nicht ihre aufgerissenen Augen und gespannten

Gesichter gewesen. Noch nie hatte er solchen Erfolg gehabt!
Er drehte das Blatt um und las weiter.

Die Fortsetzung von Fritz' Geschichte

»Der Arzt nähte die Wunde des Fürsten wieder zu und verbreitete, der Fürst sei an einem Schlaganfall gestorben. Die Diener, die ihn hereingetragen hatten, waren zwar anderer Meinung; sie wussten, wann jemand tot war, auch wenn sich der Arm noch bewegte. Doch der offiziellen Version zufolge hatte Fürst Otto eine Gehirnverletzung erlitten, und die Liebe zu seinem Sohn hatte ihn noch so lange am Leben erhalten, bis er ihn sicher nach Hause gefahren hatte. Er wurde feierlich bestattet und das ganze Fürstentum trauerte ein halbes Jahr.
Was Baron Stelgratz, dem anderen Mitglied der Jagdgesellschaft, zugestoßen war, wusste niemand. Der ganze Vorfall blieb rätselhaft.
Der Leibarzt hatte jedoch eine Idee. Es gab einen Menschen, der vielleicht eine Erklärung wusste, und das war der große Dr. Kalmenius von Schatzberg. Nur wenige Menschen hatten

von ihm gehört, doch wer ihn kannte, hielt ihn für den klügsten Mann Europas. Als Uhrmacher und Erfinder der verschiedensten mechanischen Apparate hatte er nicht seinesgleichen, nicht einmal unser guter Ringelmann war ihm ebenbürtig. Er war der Schöpfer komplizierter Rechenmaschinen, die die Positionen sämtlicher Sterne und Planeten berechneten und jedes mathematische Problem lösten.

Dr. Kalmenius hätte damit ein Vermögen machen können, doch Geld und Ruhm interessierten ihn nicht. Ihn interessierte etwas ganz anderes, Bedeutsameres. Er verbrachte Stunden auf Friedhöfen und dachte über die Geheimnisse des Lebens und des Todes nach. Einige behaupteten, er experimentiere mit Leichen, andere glaubten ihn mit den Mächten der Finsternis im Bund. Niemand wusste Sicheres, außer dass er des Nachts oft umherzog, einen kleinen Schlitten hinter sich, auf dem die geheimnisvollen Dinge lagen, an denen er gerade arbeitete.

Wie sah er aus, dieser Philosoph der Nacht? Er war hoch gewachsen und hager, hatte eine vorspringende Nase und ein spitzes Kinn. Seine Augen glühten wie Kohlen aus dunklen Höhlen, seine Haare waren lang und grau, und er trug einen schwarzen Mantel mit einer weiten Kapuze ähnlich einer Mönchskutte. Seine Stimme klang heiser und schrill, und aus seinem Gesicht sprach eine wilde, unbezähmbare Neugier.

Das also war der Mann, der …«

Fritz brach ab.

Er schluckte, und seine Augen wanderten zur Tür. Die anderen folgten seinem Blick. Noch nie war es in der Gaststube so still gewesen. Niemand rührte sich, niemand wagte zu atmen, denn der Türriegel hob sich.

Ganz langsam ging die Tür auf.

Auf der Schwelle stand ein Mann in einem langen schwarzen Mantel mit einer weiten Kapuze ähnlich einer Mönchskutte. Graue Haare hingen um sein langes, hageres Gesicht, aus dem Nase und Kinn spitz hervorsprangen, und seine Augen glühten wie Kohlen aus dunklen Höhlen.

Niemand sagte etwas, als er in die Stube trat! Mit offenen Mündern und aufgerissenen Augen starrten die Anwesenden ihn an, und als sie sahen, was der Fremde hinter sich herzog – einen kleinen Schlitten, auf dem ein in Segeltuch

eingeschlagener Gegenstand lag –, bekreuzigten sich viele entsetzt.
Der Fremde verbeugte sich.
»Dr. Kalmenius von Schatzberg, stehe zu Diensten«, sagte er heiser. »Ich habe einen langen Weg hinter mir, und mir ist kalt. Einen Schnaps!«
Der Wirt goss hastig ein, und der Fremde trank das Glas in einem Zug leer und streckte es ihm erneut hin. Immer noch rührte sich niemand.
»So still?« Dr. Kalmenius sah spöttisch in die Runde. »Man könnte denken, man sei bei den Toten!«
Der Bürgermeister schluckte schwer und stand auf.
»Entschuldigt bitte, Dr. … äh … Kalmenius, aber es ist so, dass …«
Er sah Fritz an, der seinerseits vollkommen fassungslos Dr. Kalmenius anstarrte. Der junge Mann war so weiß wie das Blatt Papier in seiner Hand. Die Augen drohten ihm aus dem Kopf zu springen, seine Haare standen ihm zu Berge, und auf der Stirn standen ihm Schweißperlen.
»Ja, mein Herr?«, sagte Dr. Kalmenius.
»Ich … ich …«, stammelte Fritz und schluckte krampfartig.

Der Bürgermeister kam ihm zu Hilfe. »Es ist nämlich so, Doktor, dass unser junger Freund hier Geschichten schreibt, und er las uns gerade eine davon vor, als Ihr eintratet.«
»Vortrefflich!«, rief Dr. Kalmenius. »Mit Freuden höre ich den Rest Eurer Geschichte, junger Herr. Lasst Euch durch meine Gegenwart nicht stören – tut, als sei ich nicht da.«
Ein Schrei entfuhr Fritz. Mit einer abrupten Bewegung knüllte er das vor ihm liegende Manuskript zusammen und steckte es in den Ofen. Hell loderte das Feuer auf.
»Bitte glaubt mir«, schrie er, »ich habe mit diesem Mann nichts zu tun!«
Und als sei er dem Teufel begegnet, rannte er, so schnell er konnte, aus der Stube.
Dr. Kalmenius lachte höhnisch, und daraufhin verließen weitere brave Bürger der Stadt hastig den Raum. Sie ließen Pfeifen und Bierkrüge stehen und liegen, rissen ihre Mäntel und Hüte vom Haken und waren verschwunden, ohne den Fremden noch einmal angesehen zu haben.
Zu den Letzten, die gingen, gehörten Uhrmacher Ringelmann und der Bürgermeister. Der alte Uhrmacher hatte das Gefühl, das Wort an

seinen Uhrmacherkollegen richten zu müssen, doch war seine Zunge wie gelähmt; der Bürgermeister wiederum glaubte, den berühmten Dr. Kalmenius entweder willkommen heißen oder wegschicken zu müssen, doch ließ auch ihn der Mut im Stich. So nahmen die beiden Alten nur stumm ihre Stöcke und eilten hinaus.

Die kleine Gretl klammerte sich an ihren Vater, den Wirt, und sah mit vor Schreck geweiteten Augen zu.

»Nun«, sagte Dr. Kalmenius, »in dieser Stadt geht man offenbar früh zu Bett. Noch einen Schnaps!«

Der Wirt schenkte mit zitternder Hand ein und schickte Gretl hinaus, denn der Fremde war keine Gesellschaft für ein Kind.

Dr. Kalmenius leerte das Glas in einem Zug und ließ es sich wieder füllen.

»Vielleicht leistet der Herr mir ja Gesellschaft«, sagte er zum Ende des Schanktisches hin.

Denn dort saß noch Karl. Er war inmitten der überstürzten Flucht der anderen Gäste bewegungslos sitzen geblieben. Jetzt wandte er das vom Alkohol gerötete und von Selbsthass verzerrte Gesicht dem Fremden zu und starrte ihn finster an. Doch hielt er dem spöttischen Blick der Augen des anderen nicht stand und sah zu Boden.

»Bringt meinem Gefährten ein Glas«, sagte Dr. Kalmenius zum Wirt, »dann könnt Ihr gehen.«

Der Wirt stellte die Flasche und ein weiteres Glas auf den Schanktisch und eilte hinaus. Fünf Minuten zuvor war die Gaststube bis auf den letzten Platz besetzt gewesen; jetzt waren Dr. Kalmenius und Karl allein, und es war so still, dass Karl über dem Pochen seines Herzens das Ziehen der Flammen im Ofen und das Ticken der alten Uhr in der Ecke hören konnte.

Dr. Kalmenius schenkte ihm ein und schob das Glas über den Tisch. Karl schwieg. Er ertrug den Blick des Fremden fast eine Minute lang, dann schlug er mit der Faust auf den Tisch und rief: »Verdammt, was wollt Ihr?«

»Von Euch, mein Herr? Nichts.«

»Ihr seid doch absichtlich gekommen, um mich zu verhöhnen.«

»Euch zu verhöhnen? Na, na, wir haben in Schatzberg bessere Narren als Euch. Hätte ich den ganzen Weg herkommen sollen, um einen jungen Mann auszulachen, aus dessen Gesicht

das tiefste Unglück spricht? Trinkt! Seid fröhlich! Morgen ist der Tag Eures Triumphes!«
Karl wandte den Kopf stöhnend zur Seite, doch Dr. Kalmenius fuhr spöttisch fort: »Die Einweihung einer neuen Figur für die berühmte Uhr von Glockenheim ist fürwahr ein bedeutendes Ereignis. Bevor ich hierher kam, müsst Ihr wissen, habe ich in fünf verschiedenen Gasthäusern versucht, ein Bett zu bekommen, doch alle waren voll. Besucher aus ganz Deutschland, Herren und Damen, Handwerker und Uhrmacher, bewandert in den verschiedensten mechanischen Künsten, sind gekommen, um Eure neue Figur zu sehen, Euer Meisterstück! Ist das nicht ein Grund zur Freude? Trinkt, Freund, trinkt!«
Karl griff nach dem Glas und stürzte die brennende Flüssigkeit hinunter.
»Es gibt keine neue Figur«, murmelte er.
»Was?«
»Ich sagte, es gibt keine neue Figur. Ich habe keine gemacht, ich konnte nicht. Ich habe die Zeit vertrödelt, und als es zu spät war, merkte ich, dass ich nicht konnte. Jetzt, bitte schön, lacht mich aus.«
»Das ist ja eine schöne Bescherung«, sagte

Dr. Kalmenius ernst. »Euch auslachen? Ich denke nicht daran. Ich bin gekommen, Euch zu helfen.«

»Was, Ihr? Wie denn?«

Dr. Kalmenius lächelte. Sein Lächeln war wie eine Flamme, die unvermutet aus einem verkohlten Holzscheit schlägt. Karl fuhr zurück. Der Alte rückte näher.

»Mir scheint«, begann er, »Ihr berücksichtigt die philosophische Seite unseres Handwerks nicht genügend. Ihr wisst eine Uhr zu stellen, auch zu reparieren, aber habt Ihr je bedacht, dass unser ganzes Leben einem Uhrwerk gleicht?«

»Das verstehe ich nicht«, sagte Karl.

»Wir können die Zukunft bestimmen, wie wir den Mechanismus einer Uhr aufziehen. Wer sagt: Ich *will* dieses Rennen gewinnen, ich *will* der Erste sein, der setzt die Zukunft in Gang wie ein Uhrwerk, und alles gehorcht seinem Befehl! Können die Zeiger der alten Uhr dort in der Ecke beschließen, dass sie stehen bleiben? Kann die Feder in Eurer Uhr beschließen, dass sie sich selbst aufzieht und dann andersherum läuft? Nein! Sie müssen gehorchen, und genauso muss es die Zukunft, wenn Ihr Euch zu ihrem Herrn und Gebieter macht.«

»Unmöglich«, sagte Karl. Ihm war auf einmal schwindlig.
»Aber es ist doch ganz einfach! Was wünscht Ihr Euch? Reichtum? Eine schöne Frau? Nehmt die Zukunft in die Hand, mein Freund! Sagt, was Ihr wollt, und Euer Wunsch geht in Erfüllung! Ruhm, Macht, Reichtümer – was soll es sein?«
»Das wisst Ihr doch selbst!«, rief Karl. »Ich wünsche mir eine Figur für die Turmuhr! Etwas, dessen ich mich morgen nicht zu schämen brauche!«
»Nichts leichter als das«, erwiderte Dr. Kalmenius. »Ihr habt gesagt, was Ihr Euch wünscht – und hier ist es.«
Er zeigte auf den kleinen Schlitten, den er hinter sich in die Stube gezogen hatte. Die Kufen standen in Pfützen aus geschmolzenem Schnee, das darüber ausgebreitete Segeltuch war feucht.
»Was ist das?« Karl hatte plötzlich Angst.
»Deckt es auf! Zieht das Tuch weg!«
Karl stand unsicher auf und band langsam die Schnur los, mit der das Segeltuch festgeschnürt war. Dann zog er es weg.
Auf dem Schlitten lag die vollkommenste Skulptur, die er je gesehen hatte: die Figur ei-

nes Ritters mit einem Schwert und einer Rüstung aus silbern glänzendem Metall. Karl holte tief Luft, dann ging er um den Schlitten herum, um die Figur von allen Seiten zu bewundern. Die Schuppen des Panzers waren so vernietet, dass sie weich übereinander glitten, und das Schwert …

Er berührte es und zog die Hand sofort wieder zurück. Blut lief über seine Finger.

»Es ist ja scharf wie ein Rasiermesser«, rief er.

»Nur das Beste taugt für Ritter Eisenseele«, sagte Dr. Kalmenius.

»Ritter Eisenseele … Was für ein vollendetes Kunstwerk! Ach«, sagte Karl bitter, »wenn der Ritter doch bei den anderen Figuren im Turm stünde, ich wäre auf ewig ein gemachter Mann! Wie bewegt er sich denn? Was tut er? Vermutlich treibt ihn ein Laufwerk an. Oder beherbergt die Rüstung einen Kobold? Einen Geist oder gar den Teufel?«

Die Figur begann sich zu dem Surren und Ticken eines feinen Räderwerks zu bewegen. Der Ritter hob das Schwert, wandte den behelmten Kopf in Karls Richtung, stieg vom Schlitten und kam auf ihn zu.

»Nein! Was tut er da?« Karl wich erschrocken zurück.
Unbeirrt schritt Ritter Eisenseele weiter auf ihn zu. Karl trat zur Seite, doch die Figur folgte ihm, und ehe Karl noch ausweichen konnte, war er schon in der Ecke gefangen, und das Schwert des kleinen Ritters kam näher und näher.
»Was tut er da? Das Schwert ist scharf – haltet ihn an, Doktor! Macht, dass er stehen bleibt!«
Dr. Kalmenius pfiff drei oder vier Takte einer simplen Melodie, und der Ritter blieb stehen. Die Spitze seines Schwertes zeigte auf Karls Hals.
Vorsichtig drückte sich der Geselle an dem Ritter vorbei und sank verängstigt auf einen Stuhl.
»Was … wer … wie kam das? Es ist unheimlich! Habt Ihr den Mechanismus ausgelöst?«
»Keineswegs«, sagte Dr. Kalmenius, »das wart Ihr.«
»Ich? Wie?«
»Durch ein Wort, das Ihr sagtet. Der Mechanismus ist so empfindlich, so vollkommen ausbalanciert, dass ein Wort, ein ganz bestimmtes Wort genügt, ihn in Bewegung zu setzen. Und er ist klug, der kleine Ritter. Sobald er das Wort

hört, ruht er nicht, bis sein Schwert in der Kehle dessen steckt, der es gesagt hat.«

»Was für ein Wort?«, fragte Karl zitternd. »Was habe ich denn gesagt? Uhrwerk … Kobold … bewegen … antreiben … Geist … Teufel …«

Wieder setzte sich der Ritter in Bewegung. Er drehte sich um, entdeckte Karl und begann auf ihn zuzumarschieren. Blitzschnell fuhr der Geselle aus seinem Stuhl und kauerte sich in eine Ecke.

»Das war es!«, schrie er. »Haltet ihn an, ich bitte Euch, Doktor!«

Wieder pfiff Dr. Kalmenius die Melodie, und der Ritter blieb stehen.

»Was hat es mit der Melodie auf sich?«, fragte Karl. »Warum hält er an, wenn er sie hört?«

»Die kleine Melodie heißt ›Die Blumen von Lappland‹«, sagte Dr. Kalmenius. »Er mag sie, der kleine Bösewicht. Er hält an, um ihr zu lauschen, und daraufhin schwingt die Unruh andersherum, und er bleibt stehen. Ein Wunderwerk!«

»Ich habe Angst vor ihm.«

»Na, na! Angst vor einem kleinen Mann aus Blech, der sich an einer harmlosen Melodie freut?«

»Er ist mir unheimlich, er hat gar keine Ähnlichkeit mit einer Maschine. Ich mag ihn nicht.«
»Tja, zu schade. Was werdet Ihr morgen ohne ihn tun? Darauf bin ich wirklich neugierig.«
»Nein, nein!«, rief Karl in großer Erregung. »So habe ich es nicht gemeint … Ach, ich weiß nicht, was ich will!«
»Wollt Ihr ihn?«
»Ja. Nein!«, schrie Karl und schlug die Fäuste zusammen. »Ich weiß nicht. Ja!«
»Dann gehört er Euch!«, sagte Dr. Kalmenius. »Ihr habt die Zukunft in Gang gesetzt, mein Herr! Sie läuft bereits ab!«
Und noch bevor Karl es sich anders überlegen konnte, hatte sich der Uhrmacher seinen langen Mantel übergeworfen, die Kapuze über den Kopf gestülpt und war mit seinem Schlitten durch die Tür verschwunden.
Karl rannte ihm nach, doch draußen fiel der Schnee so dicht, dass er nichts sehen konnte. Dr. Kalmenius war verschwunden.
Karl kehrte mit zitternden Knien in die Stube zurück. Der kleine Ritter stand mit erhobenem Schwert vollkommen regungslos da, das behelmte Gesicht unverwandt auf den jungen Gesellen gerichtet.

»Das war kein Mensch«, murmelte Karl. »Kein Mensch kann so etwas erfinden. Das war ein böser Geist, vielleicht sogar der Teu…«
Er schlug sich die Hände vor den Mund und sah entsetzt auf, doch der Ritter rührte sich nicht.
»Beinahe hätte ich es gesagt!«, flüsterte Karl. »Ich darf es nie vergessen – und die Melodie auch nicht! Wie geht sie doch? Wenn ich sie weiß, kann mir nichts passieren …«
Er versuchte sie zu pfeifen, doch sein Mund war zu trocken, und als er sie summen wollte, bebte seine Stimme. Er streckte die Hände aus und sah sie an. Sie zitterten wie dürres Laub.
»Vielleicht, wenn ich noch etwas trinke …«
Er goss sich Schnaps ein, verschüttete dabei allerdings das meiste auf dem Schanktisch. Dann stürzte er das Glas in einem Zug hinunter.
»So ist es besser … Also, ich *könnte* den Ritter natürlich in die Uhr einbauen. Wenn ich ihn am Rahmen festschraube, kann er nichts anstellen. Dann kann er seinen Platz nicht verlassen, egal, was er hört …«
Karl sah sich ängstlich um. In der Gaststube war es totenstill. Er hob den Vorhang und spähte durch das Fenster. Auf dem Kirchplatz

brannte kein Licht mehr. Alle Welt schien schon ins Bett gegangen zu sein, wach waren nur noch der Uhrmachergeselle und die kleine, silberne Gestalt mit dem Schwert.

»Ja, das mache ich!«, sagte er.

Er warf das Segeltuch über den Ritter, zog hastig Mantel und Hut an und eilte hinaus, um den Turm aufzuschließen und die Uhr vorzubereiten.

Der Zufall wollte es, dass noch jemand wach war, nämlich Gretl, die Tochter des Wirts. Sie konnte nicht schlafen, weil sie fortwährend an Fritz' Geschichte denken musste. Am meisten beschäftigte sie freilich nicht das Uhrwerk in der Brust des toten Fürsten oder der tote Fahrer des Schlittens, sondern der junge Sohn des Fürsten, Prinz Florian.

Der arme Junge, dachte sie, auf so grausige Weise nach Hause zurückzukehren! Sie versuchte sich vorzustellen, was für entsetzliche Ängste er allein im Schlitten mit seinem toten Vater ausgestanden haben musste. Sie zitterte unter ihrer Bettdecke und wünschte sich, ihn trösten zu können.

Und weil sie nicht schlafen konnte und ihr kalt war, beschloss sie, nach unten zu gehen und eine Weile am warmen Ofen in der Gaststube zu sitzen. Sie wickelte sich also eine Decke um die Schultern und schlich auf Zehenspitzen die Treppe hinunter. Die große Turmuhr schlug gerade Mitternacht. In der Stube war niemand, und weil der Docht der Lampe heruntergeschraubt war, bemerkte sie auch die kleine, mit dem Segeltuch zugedeckte Gestalt in der Ecke nicht. Sie setzte sich an den Ofen und wärmte sich die Hände.

»Wie merkwürdig diese Geschichte anfing!«, sagte sie zu sich. »Eigentlich sollte man solche Geschichten gar nicht erzählen. Geister und Skelette machen mir nichts aus, aber ich finde, diesmal ist Fritz zu weit gegangen. Wie sehr alle erschraken, als der Alte hereinkam! Als ob Fritz ihn aus dem Nichts beschworen hätte, so wie Doktor Faust den Teufel …«

Lautlos fiel das Segeltuch zu Boden, die kleine Gestalt aus Metall drehte den Kopf, hob das Schwert und marschierte auf Gretl zu.

ZWEITER TEIL

Als Fürst Otto Prinzessin Mariposa heiratete, feierte die ganze Stadt. In den öffentlichen Parks wurde Feuerwerk abgebrannt, in den Ballsälen spielten die Kapellen die ganze Nacht hindurch, und von allen Dächern wehten Fahnen und Wimpel.

»Endlich bekommen wir einen Erben!«, sagten die Menschen. Sie hatten schon gefürchtet, die Dynastie würde aussterben.

Doch die Zeit verging, und kein Kind kam. Der Fürst und seine Gemahlin konsultierten die besten Ärzte und pilgerten nach Rom, um sich vom Heiligen Vater segnen zu lassen, doch vergeblich. Eines Tages, als die Fürstin wieder einmal seufzend am Fenster des Schlosses stand und daran dachte, dass sie sich nichts sehnlicher wünschte als ein Kind, hörte sie die Uhr der Kathedrale schlagen. Im selben Moment spürte sie, wie sich ihr Busen hob.

Noch vor Jahresfrist gebar sie ein Kind. Doch zu ihrem Unglück und dem aller anderen waren die Wehen sehr anstrengend und schmerzhaft, und als das Kind geboren war, tat es nur einen Atemzug, dann schwanden ihm die Sinne, und es starb in den Armen der Amme. Die Fürstin erfuhr davon nichts, denn sie lag in tiefer Ohnmacht, und niemand wusste, ob sie leben oder sterben würde. Fürst Otto dagegen war außer sich vor Zorn. Er entriss der Amme das tote Kind und schrie: »Ich werde einen Erben haben, koste es, was es wolle!«
Er eilte zu den Ställen und befahl den Stallburschen, sein schnellstes Pferd zu satteln. Dann galoppierte er fort, das tote Kind an die Brust gedrückt.
Wohin ritt er? Nach Norden, immer weiter nach Norden bis zur Werkstatt des Dr. Kalmenius bei den Silberminen von Schatzberg. Dort schuf dieser Schöpfer genialer Uhren und Spieldosen seine Wunderwerke. Von der Himmelsuhr, die die Positionen sämtlicher Planeten für die nächsten fünfundzwanzigtausend Jahre angab, bis zu kleinen Figuren, die tanzten, kleine Pferde ritten, winzige Pfeile abschossen oder Cembalo spielten.

»Womit kann ich dienen?«, fragte Dr. Kalmenius.
Fürst Otto schlug den schneebedeckten Mantel zurück und streckte ihm den Leichnam seines Sohnes entgegen.
»Schafft mir ein anderes Kind!«, rief er. »Mein Sohn ist tot, seine Mutter schwebt zwischen Tod und Leben. Dr. Kalmenius, ich befehle Euch, schafft mir ein mechanisches Kind, das nicht stirbt!«

Mit den mechanischen Apparaten von Dr. Kalmenius ist etwas nicht ganz geheuer. Er machte kleine Figuren, die sangen, sprachen, Schach spielten, mit kleinen Bogen kleine Pfeile abschossen und so gut wie Mozart Cembalo spielten. Einige davon kann man heute noch im Museum von Schatzberg bewundern, aber sie funktionieren nicht mehr. Das ist merkwürdig, denn alle Teile sind da und vollkommen in Ordnung, und eigentlich müssten sie funktionieren, aber sie tun es nicht. Es ist geradezu, als seien sie … gestorben.

Selbst Fürst Otto in seiner Raserei glaubte nicht, dass eine solche mechanische Puppe ei-

nem wirklichen Kind ähneln könnte. Doch das Silber, das in Schatzberg gewonnen wurde, war mit keinem anderen Metall vergleichbar, es war weich und formbar und hatte einen seidigen Glanz ähnlich dem Glanz auf einem Schmetterlingsflügel. Und für den großen Uhrmacher war das Begehren des Fürsten eine Herausforderung an seine Kunst, der er nicht widerstehen konnte. Während Fürst Otto das tote Kind begrub, ging Dr. Kalmenius daran, ein neues zu schaffen. Er schmolz Erz zu reinem Silber und schlug dieses zu hauchdünnen Blättchen; aus Gold spann er Fäden feiner als Spinnengewebe und befestigte jeden Faden einzeln an dem kleinen Köpfchen. Er hämmerte und feilte, lötete, nietete, verschraubte, passte und stimmte ab, bis die kleine Hauptfeder gespannt war und die kleine, auf Edelsteinen gelagerte Hemmung in vollkommener Präzision hin- und hertickte.

Als das mechanische Kind fertig war, überreichte Dr. Kalmenius es dem Fürsten, der es eingehend untersuchte. Es atmete, bewegte sich, lächelte und fühlte sich dank der geheimnisvollen Kunst des Uhrmachers sogar warm an. Überhaupt glich es dem toten Kind in jeder

Hinsicht aufs Haar. Fürst Otto schlug seinen Mantel um das Kind und ritt mit ihm zum Schloss zurück. Dort legte er es in die Arme seiner Frau, und als diese die Augen aufschlug, holte die Freude darüber, ihr vermeintliches Kind gesund und wohlbehalten in den Armen zu halten, sie von der Schwelle des Todes ins Leben zurück. Außerdem sah sie, wie sie schon immer gewusst hatte, mit einem Kind auf dem Arm ganz entzückend aus.

Das Kind erhielt den Namen Florian. Ein Jahr verging, dann noch eins und noch eins, und das Kind wuchs zu einem glücklichen, gesunden und aufgeweckten Jungen heran, der von allen geliebt wurde. Fürst Otto ließ ihn auf einem kleinen Pony reiten und lehrte ihn mit Pfeil und Bogen schießen. Der Junge tanzte, spielte Melodien auf dem Cembalo und wurde immer größer, stärker, fröhlicher und ausgelassener.

In seinem fünften Lebensjahr allerdings traten Symptome einer rätselhaften Krankheit auf. Seine Gelenke begannen sich schmerzhaft zu versteifen, er fröstelte ständig, und sein bisher so lebhaftes und ausdrucksvolles Gesicht erstarrte zusehends zu einer Maske. Fürstin Mariposa war der Verzweiflung nahe, denn ihr

Sohn schien ihr auf einmal gar nicht mehr anziehend.
»Könnt Ihr denn nichts zu seiner Heilung tun?«, wollte sie vom Leibarzt des Fürsten wissen.
Der Arzt klopfte die Brust des Jungen ab, sah sich seine Zunge an und fühlte ihm den Puls. Eine solche Krankheit war ihm noch nie begegnet. Wenn er nicht gewusst hätte, dass der Prinz ein kleiner Junge war, hätte er ihn für ein rostiges Uhrwerk gehalten, aber das konnte er der Fürstin ja schlecht sagen.
»Seid unbesorgt«, meinte er deshalb nur. »Man spricht hier von entzündlicher Oxidose. Gebt ihm dreimal täglich zwei Löffel Lebertran und reibt ihm die Brust mit Lavendelöl ein.«
Der Einzige, der Verdacht schöpfte, war der Vater, Fürst Otto. Er brach erneut zu den Silberminen von Schatzberg auf und klopfte bei Dr. Kalmenius an.
»Nun?«, fragte der Uhrmacher.
»Prinz Florian ist krank«, sagte der Fürst. »Was können wir tun?«
Er beschrieb die Symptome, und Dr. Kalmenius zuckte mit den Schultern.
»Jedes Uhrwerk läuft einmal ab«, sagte er. »Die

Hauptfeder wird schwächer, die Hemmung verstopft mit Staub. Ich kann Euch sagen, was als Nächstes passiert: Die Haut des Jungen wird spröde und rissig werden und von oben bis unten aufreißen, und dahinter wird nichts als totes, verbrauchtes Metall zum Vorschein kommen. Er wird nicht mehr funktionieren.«

»Warum habt Ihr mir das nicht damals gesagt?«

»Ihr wart in solcher Eile, dass Ihr nicht danach fragtet.«

»Könnt Ihr ihn nicht einfach wieder aufziehen?«

»Unmöglich.«

»Aber was können wir dann tun?«, rief Fürst Otto in zorniger Verzweiflung. »Kann denn nichts sein Leben retten? Ich brauche einen Erben, sonst stirbt mein Geschlecht aus!«

»Nur eines könnte ihn retten«, sagte Dr. Kalmenius. »Er geht zugrunde, weil er kein Herz hat. Findet ihm ein Herz, und er wird leben. Ich wüsste allerdings nicht, wo Ihr ein gesundes Herz herbekommen solltet, dessen Besitzer bereit wäre, sich von ihm zu trennen. Außerdem …«

Doch Fürst Otto war bereits hinausgeeilt und

hörte nicht mehr, was Dr. Kalmenius noch hatte sagen wollen. So ist es oft mit Fürsten: Sie wollen schnelle Lösungen haben, keine, die Zeit und Mühe kosten. Was der große Uhrmacher aber hatte sagen wollen, war dies: »Das Herz kann nur der schenken, der es zugleich behält.« Allerdings hätte Fürst Otto diese geheimnisvollen Worte wahrscheinlich sowieso nicht verstanden.

Tief in Gedanken versunken ritt er zum Schloss zurück. Ein gewaltiges Problem türmte sich vor ihm auf! Um seinen Sohn zu retten, musste er einen anderen Menschen opfern! Was sollte er tun? Wen konnte er um ein so großes Opfer bitten?

Da fiel ihm Baron Stelgratz ein.

Natürlich! Es gab keinen Besseren. Baron Stelgratz war ein treuer Freund und Ratgeber des Fürsten, zuverlässig, tapfer und aufrichtig. Der kleine Prinz liebte ihn. Der Baron spielte stundenlang mit ihm und seinen Zinnsoldaten, er zeigte ihm, wie man ein Schwert hielt oder mit einer Pistole schoss, und er erzählte ihm alles über die Tiere des Waldes.

Je länger Fürst Otto darüber nachdachte, desto besser schien ihm die Wahl. Baron Stelgratz würde keinen Augenblick zögern, sein Herz für die Familie zu geben. Doch wollte der Fürst ihn erst in seinen Plan einweihen, wenn sie in Dr. Kalmenius' Werkstatt waren; dort würde der Baron die Notwendigkeit alles Weiteren schon einsehen.

Als der Fürst wieder im Schloss eintraf, hatte sich der Zustand des kleinen Prinzen weiter verschlechtert. Er konnte kaum noch gehen, so steif waren seine Glieder. Seine Stimme, einst so lebendig und fröhlich, erinnerte jetzt an eine Spieldose; er sagte kaum noch etwas, dafür sang er einige wenige Lieder immer wieder. Es war offensichtlich, dass es mit ihm zu Ende ging.

Fürst Otto begab sich daher unverzüglich zu seiner Frau und überzeugte sie, dass einige Tage auf der Jagd und in der frischen Waldluft an der Gesundheit des Prinzen wahre Wunder bewirken würden. Baron Stelgratz würde sie begleiten, fügte er hinzu, in seiner Gesellschaft könnte Florian nichts passieren.

Der Fürst wickelte den Jungen also in warme Decken und setzte ihn neben Baron Stelgratz in den Schlitten. Dann fuhren sie los.

Doch auf dem Weg durch den Wald wurde der

Schlitten bei Einbruch der Dunkelheit von Wölfen angefallen.
Halb wahnsinnig vor Hunger schossen die großen grauen Tiere hinter den Bäumen hervor und sprangen die Pferde an. Fürst Otto schwang mit Leibeskräften die Peitsche, und der Schlitten tat einen Satz nach vorn, doch die Wölfe ließen sich nicht abschütteln. Prinz Florian klammerte sich am Schlitten fest und sah ängstlich zu, wie das Rudel näher und näher kam. Baron Stelgratz feuerte sein Gewehr auf die geifernden, nach ihnen schnappenden Bestien ab, ohne sie freilich im Geringsten abzuschrecken. Schlingernd flog der Schlitten über den ausgetretenen Pfad. Sie konnten jeden Moment umstürzen, und das würde ihr Verderben sein.
»Hoheit!«, schrie da der Baron. »Hier hilft nur eins, und ich tue es von ganzem Herzen!«
Mit diesen Worten stürzte sich der gute Alte vom Schlitten und opferte sich für seine Freunde.
Sofort fielen die wilden Wölfe über ihn her und zerrissen ihn, während der Schlitten tiefer in den stummen Wald glitt und die heulenden, die Zähne fletschenden Tiere weit hinter sich ließ.

Doch was sollte Fürst Otto jetzt tun? Weiterfahren war die einzige Antwort, weiterfahren! Und hoffen, dass er einem einsamen Jäger oder Holzfäller begegnen würde, dessen

Familie er später entschädigen konnte. Doch sie begegneten keinem einzigen Menschen. Hinter Fürst Otto saß einsam das in Pelze gehüllte Kind auf dem dahinsausenden Schlitten; es wurde immer steifer und kälter und verwandelte sich zusehends in eine mechanische Puppe zurück. Gelegentlich schüttelte eine Bewegung des Schlittens ein paar Töne aus ihm heraus, Worte sagte es nicht mehr.
So trafen sie vor dem Haus des Uhrmachers ein.
Jetzt gab es nur noch einen Ausweg. Fürst Otto erkannte, dass er sich selbst opfern musste, und er war bereit. Die Dynastie war wichtiger als alles andere, wichtiger als Glück, Liebe, Wahrheit, Frieden und Ehre und wichtiger noch als sein eigenes Leben. Um des künftigen Ruhmes des Fürstengeschlechts willen war Fürst Otto bereit, sein kaltes, fanatisches und stolzes Herz hinzugeben.
»Seid Ihr ganz sicher?«, fragte Dr. Kalmenius.
»Tut, was ich sage! Nehmt mein Herz und setzt es in die Brust meines Kindes! Es ist egal, wenn ich sterbe, solange die Dynastie fortbesteht!«
Das nächste Problem war freilich die Rückkehr zum Schloss: Wie konnte das Kind allein mit

dem Schlitten zurückfahren? Gegen zusätzliches Honorar erklärte Dr. Kalmenius sich bereit, den toten Körper des Fürsten wieder mit einem gewissen Willen zu beleben – gerade so viel, als ausreichte, um den Schlitten zum Schloss zurückzufahren.
Die Operation wurde ausgeführt. Mit scharfen Instrumenten wurde das Herz des Fürsten aus dessen Brust herausgeschnitten und in den siechen Körper des Jungen verpflanzt. Sogleich überzog sich die metallische Blässe des Prinzen mit einer gesunden Röte. Florian öffnete die Augen, und neue Kraft durchströmte seine Glieder. Er war ins Leben zurückgekehrt.
Dr. Kalmenius verfertigte inzwischen ein einfaches mechanisches Laufwerk für die Brust des toten Fürsten, einen simplen Apparat zum Aufziehen, der den Leichnam befähigen würde, zum Schloss zu fahren – mehr nicht, dies allerdings für sehr lange Zeit. Selbst wenn man Fürst Ottos Leiche auf die andere Seite der Welt gebracht hätte, er wäre sofort nach Hause aufgebrochen; sein Fleisch wäre unterwegs verfault und von den Rippen gefallen, doch hätte er nicht angehalten, bis Jahre später sein Skelett mit dem in den Rippen tickenden Uhrwerk auf

dem Schlitten in den Schlosshof eingefahren wäre.
Dr. Kalmenius setzte den gegen die Kälte dick vermummten, schlafenden Prinzen in den Schlitten und drückte dem toten Vater die Peitsche in die Hand. Sofort begann dieser in unermüdlichem Gleichtakt die Peitsche zu schwingen, die Pferde bäumten sich in Panik auf und verfielen dann in ihren wahnsinnigen Galopp.
Es war eine seltsame Heimkehr. Vielleicht kennt ihr die Geschichte schon – wie der Schlitten durchs Schlosstor raste und der Leibarzt des Fürsten anstelle des Herzens das Uhrwerk fand. Die Diener unterhielten sich flüsternd über den Toten, dessen Arm nicht stillhalten wollte, und die verschiedensten Gerüchte und Spekulationen flogen durch das Schloss und die Stadt wie Schiffchen durch einen Webstuhl. Da war von Leichen und Geistern die Rede, von Flüchen und Teufeln, Tod und Leben und geheimnisvollen mechanischen Apparaten. Die Wahrheit kannte freilich niemand.
So verstrich die Zeit. Man suchte nach dem Baron, trauerte um Fürst Otto, die ganz in Witwenschwarz gekleidete Fürstin schluchzte bewegend, und Prinz Florian wuchs heran.

Wieder vergingen fünf Jahre, und alle priesen den kleinen Prinzen für sein Aussehen und heiteres Gemüt und schätzten sich glücklich, ein solches Kind als künftigen Fürsten zu haben.

Doch im zehnten Lebensjahr des Prinzen kehrten die gefürchteten Symptome wieder. Prinz Florian klagte über Schmerzen in seinen Gelenken, über Steifheit in Armen und Beinen und über ständiges Frösteln. Seine Stimme verlor ihren menschlichen Ausdruck und bekam den blechernen Klang einer Spieldose.

Der Leibarzt wusste auch diesmal keinen Rat.

»Kein Zweifel, er hat die Krankheit von seinem Vater geerbt«, sagte er.

»Aber was für eine Krankheit ist es denn?«, fragte Fürstin Mariposa.

»Eine angeborene Schwäche des Herzens«, erwiderte der Arzt mit wissender Stimme, »im Verein mit entzündlicher Oxidose. Wie Ihr Euch vielleicht erinnert, Hoheit, wurde sie letztes Mal durch Bewegung an der frischen Luft kuriert. Was Prinz Florian braucht, ist eine Woche in der Jagdhütte.«

»Aber Ihr wisst doch, was das letzte Mal geschah, als er mit seinem Vater und Baron Stelgratz dorthin fuhr!«

»Die Wissenschaft der Medizin hat in den letzten fünf Jahren wunderbare Fortschritte gemacht«, entgegnete der Arzt. »Habt keine Angst, Hoheit. Wir schicken den kleinen Prinzen auf die Jagd, und er wird wie beim letzten Mal kerngesund zurückkehren.«

Doch hatten die Höflinge weniger Vertrauen in den Fortschritt der Medizin als der Arzt; sie erinnerten sich nur noch an das Unglück, welches das letzte Mal geschehen war, und keiner wollte die Reise durch den Wald wagen, auch nicht zur Rettung Prinz Florians. Den einen plagte auf einmal die Gicht, ein anderer war dringend in Venedig verabredet, ein Dritter musste seine betagte Großmutter in Berlin besuchen, und so weiter und so fort. Dass der Arzt selbst ging, kam gleichfalls nicht in Frage; er wurde im Schloss gebraucht, es hätte ja ein Notfall eintreten können. Auch Fürstin Mariposa konnte unmöglich fahren, denn die Winterluft bekam ihrer Haut nicht.

Da also niemand gehen wollte, rief man schließlich einen Stallburschen und bot ihm zehn Silberstücke an, wenn er den kleinen Prinzen zur Jagdhütte brachte.

»Bekomme ich das Geld im Voraus?«, fragte

der Bursche, denn auch er hatte von dem Unglück gehört, das damals passiert war, und wollte sicher sein, dass er das Geld auf jeden Fall bekam.
Also gaben sie ihm die Silberstücke, und der Stallbursche setzte Prinz Florian auf den Schlitten und schirrte die Pferde an. Fürstin Mariposa winkte vom Fenster, als sie losfuhren.
Als sie in den Wald kamen, dachte der Bursche bei sich: Ich glaube nicht, dass der Junge noch einen Tag länger lebt; sein Zustand scheint mir sehr bedenklich. Wenn ich aber zurückkehre und sage, er sei gestorben, werde ich bestimmt bestraft. Doch mit den zehn Silberstücken und dem Schlitten könnte ich mich über die Grenze absetzen und mich selbstständig machen. Ich könnte ein kleines Gasthaus kaufen; vielleicht finde ich auch eine Frau und habe Kinder. Ja, das mache ich. Den kleinen Prinzen kann sowieso nichts mehr retten. In Wahrheit tue ich ihm nur einen Gefallen; es ist das Beste, was ihm passieren kann.
Er hielt den Schlitten an einer Kreuzung an und ließ Prinz Florian aussteigen.
»Lauf«, sagte er. »Du bist jetzt auf dich selbst

gestellt, ich kann mich nicht mehr um dich kümmern. Schreite also tüchtig aus. Lauf!«
Damit fuhr er weg.
Prinz Florian begann gehorsam zu laufen. Seine Beine waren steif, und die Straße war dick verschneit, doch marschierte er unverdrossen weiter, bis er an eine Biegung kam und vor sich ein kleines Städtchen still im Mondlicht liegen sah. Die Kirchturmuhr schlug gerade Mitternacht.
Aus dem Fenster eines Gasthauses schien noch Licht. Auf dem Fensterbrett neben dem Eingang kauerte eine alte schwarze Katze und sah ihn unverwandt an. Prinz Florian stieg zur Tür hinauf und öffnete sie. Unfähig zu sprechen, begann er höflich das einzige Lied zu singen, das er noch singen konnte.

DRITTER TEIL

Surrend und mit einem Klicken blieb Ritter Eisenseele stehen, das Schwert nur noch wenige Zentimeter von Gretls Hals entfernt. Die Melodie des Prinzen erfüllte die Gaststube mit ihrem lieblichen Klang.

Gretl stand mit aufgerissenen Augen da und starrte entsetzt auf den Ritter und sein Schwert; dann sah sie verwundert den Prinzen an.

»Wo kommst du denn her?«, fragte sie. »Bist du etwa der kleine Prinz aus der Geschichte? Das musst du wohl sein. Aber du frierst ja! Und wer ist der Ritter? Wie scharf sein Schwert ist! Ich mag ihn überhaupt nicht. Was soll ich jetzt tun? Ich habe das Gefühl, dass ich etwas tun muss, aber ich weiß nicht, was!«

Es war auch niemand da, der es ihr hätte sagen können. Sie war mit dem bösartigen Ritter und dem anmutigen Prinzen allein. Sacht strich sie über die Wange des Prinzen. Sie war kalt, aber die Berührung erweckte etwas in seinem Innern zum Leben, denn er sah Gretl an und lächelte.

»Ach, du armes Ding!«, rief sie.

Er öffnete die Lippen und sang ein, zwei Töne.

»Ich weiß, was du sagen willst«, sagte Gretl. »Du fühlst dich nicht gut. Mir gefällt dieser Ritter ganz und gar nicht, ich will dich hier nicht mit ihm allein lassen. Aber ich weiß, wer an allem schuld ist. Fritz hat sich doch die Geschichte ausgedacht. Wenn ich nur herausfinden könnte, wie sie ausgeht ...«

Sie sah zum Ofen, in den Fritz die Papiere geworfen hatte, auf die er seine Geschichte geschrieben hatte. Sie hatte geglaubt, alle seien verbrannt, doch in einem dunklen Winkel auf dem Boden lag ein zerknülltes Blatt, das den Flammen entgangen war.

Sie hob es auf und strich es glatt. Es war die Seite, die Fritz vorgelesen hatte, als der Fremde in die Stube eingetreten war. Darauf stand:

Er war hoch gewachsen und hager und hatte eine vorspringende Nase und ein spitzes Kinn. Seine Augen glühten wie Kohlen aus dunklen Höhlen, seine Haare waren lang und grau, und er trug einen schwarzen Mantel mit einer weiten Kapuze ähnlich einer Mönchskutte. Seine Stimme klang heiser und schrill, und aus seinem Gesicht sprach eine wilde, unbezähmbare Neugier. Das also war der Mann, der …

Mehr stand da nicht. Die Geschichte hörte mitten im Satz auf.

»Genau in diesem Augenblick kam er herein!«, sagte Gretl zu sich. Doch dann entdeckte sie, dass Fritz unter den letzten Satz noch einige Worte gekritzelt hatte. Sie hielt das Blatt vor die Augen und entzifferte sie mühsam.

Ach, das ist unmöglich! Wie soll diese Geschichte bloß aufhören? Ich werde mir ein Ende ausdenken müssen, wenn es so weit ist. Hoffentlich fällt mir eines ein. Wenn es gut ist, kann der Teufel meine Seele haben!

Gretl riss die Augen auf und biss sich erschrocken auf die Lippe. So etwas sagte man doch nicht! »Also gut«, überlegte sie laut, »er hat das Ganze angefangen, jetzt soll er es auch zu Ende bringen. Du bleibst hier im Warmen, Prinz Florian, wenn du das bist, und ich hole Fritz. Nur er kann uns weiterhelfen.«

Sie warf sich einen Mantel über und machte sich auf den Weg zu der Pension, in der der Geschichtenerzähler Fritz wohnte.

Karl hatte unterdessen im Uhrwerk der großen Kirchturmuhr den für sein Meisterstück vorgesehenen Platz vorbereitet. Fiebernd vor Aufregung eilte er die Turmtreppe hinunter und über den Kirchplatz zum Gasthaus. Der alte Kater Putzi saß immer noch draußen auf dem Fensterbrett, leckte sich die Pfoten, putzte sich die Ohren und beobachtete, was um ihn vorging. Es war kalt, und er überlegte, ob er nicht für ein Nickerchen am Ofen ins Haus zurückkehren sollte.

Doch Karl bemerkte ihn nicht. Ihn beschäftigten andere Dinge als Katzen. Leise trat er ein und machte die Tür hinter sich zu, dann blieb er alarmiert stehen. Das Segeltuch lag am Boden, und am anderen Ende des Zimmers stand mit gezücktem Schwert Ritter Eisenseele.

Karl stockte das Herz. War jemand hier gewesen und hatte den kleinen Ritter gestört? Wenigstens lag niemand tot am Boden, aber warum hatte der Ritter sich bewegt? Karl sah sich um und entdeckte den kleinen Prinzen, der höflich auf seinem Stuhl saß und ihn beobachtete. Eine Gänsehaut überlief ihn.

Er öffnete den Mund, um etwas zu sagen, doch dann bemerkte er, dass der Prinz gar kein lebendiges Kind war, sondern eine mechanische Puppe wie der Ritter! Auch wenn er, dem Aussehen nach zu schließen, noch viel kunstvoller gearbeitet war als dieser. Karl betrachtete ihn aus der Nähe. Die Haare waren aus dem feinsten Golddraht gewoben, den er je gesehen hatte, auf seinen silbrigen Wangen lag ein seidiger Glanz wie auf Schmetterlingsflügeln, und seine Augen, zwei leuchtend blaue Edelsteine, wirkten geradezu lebendig, so wie sie Karl anzublicken schienen!

Nur Dr. Kalmenius konnte die Figur geschaffen haben, und offenbar hatte er sie für Karl gebracht. Was für ein Kunststück konnte sie?

Karl streckte den Arm aus und hob die Hand des Prinzen von dessen Schoß. Für einen kurzen Augenblick erwachte der Prinz zu Leben, schüttelte Karl die Hand und sang einen Takt. Karl sträubten sich die Haare. Und dann fiel ihm etwas ein. Warum baute er nicht *diese* Figur statt des Ritters in die Uhr ein? Sie war noch feiner gearbeitet, und ein wohlgestalter Junge, der eine hübsche Melodie sang, würde den Menschen besser gefallen als ein gesichtsloser Ritter, der andere mit dem Schwert bedrohte.

Den Ritter würde er selbst behalten. Und dann … Seine Gedanken rasten. Dann würde er durch die Welt reisen, den Ritter überall vorführen und berühmt werden.
Ihm wurde ganz schwindlig, als ihm einfiel, was er mit dem Ritter noch alles anstellen konnte. Gold konnte er stehlen und verbotene Schätze rauben, wenn er einen geheimen Komplizen wie den Ritter hatte, der zuverlässig für ihn tötete, ohne ihn je zu verraten! Karl brauchte das auserwählte Opfer nur dazu zu bringen, »Teufel« zu sagen, den Rest würde der Ritter erledigen. Er, Karl, würde unterdessen ganz woanders sitzen, beim Kartenspiel mit Dutzenden von Zeugen oder sogar in einer Kirche inmitten der betenden Gemeinde. Niemand würde ihn je verdächtigen!
Er war so erregt, dass ihm jeder Sinn für Recht und Anstand abhanden kam. Die Kirche, Vater und Mutter, Bruder und Schwester und Uhrmacher Ringelmann, alle, die ihn je zum Guten beeinflusst hatten, verschwanden in einem dunklen Strudel. Er dachte nur noch an den Reichtum, zu dem er mit Hilfe des Ritters gelangen würde.
Bevor er es sich anders überlegen konnte, warf

er das Segeltuch über den Ritter, klemmte sich die erstarrte Figur des Prinzen unter den Arm und machte sich auf den Weg zurück zum Kirchturm.

Inzwischen stapfte Gretl durch den Schnee zu dem Haus, in dem Fritz wohnte. Vom Anfang der Gasse aus sah sie, dass alle Fenster dunkel waren bis auf das Fenster der Dachkammer, in der Fritz oft die ganze Nacht hindurch zu arbeiten pflegte. Sie musste ein halbes Dutzend Mal klopfen, bis die Hauswirtin ihr mürrisch aufmachte.

»Wer ist da so spät in der Nacht? Ach du bist es, Kind; warum bist du denn nicht im Bett?«

»Ich muss mit Fritz sprechen! Es ist sehr wichtig!«

Brummend und stirnrunzelnd trat die Alte zur Seite. »Ich habe gehört, was im Wirtshaus passiert ist. Sich schlimme Geschichten auszudenken und anderen Leuten damit Angst zu machen! Ich bin froh, wenn er weg ist. Ich hätte sogar nicht übel Lust, ihm zu kündigen. Die Treppe hinauf bis ganz nach oben, Kind. Nein, eine Kerze kannst du nicht haben, Kind, das hier ist die einzige, die ich habe, und die brauche ich selbst. Du hast doch gute Augen, du findest dich schon zurecht.«

Gretl stieg die vier Treppen bis unters Dach hinauf, jede dunkler und enger als die darunter liegende, bis sie zuletzt auf einem kleinen Absatz vor einer Tür stand. Aus dem Spalt unter der Tür drang Licht. Sie klopfte.

»Wer ist da?«, antwortete eine nervöse Stimme. »Was wollt Ihr?«

»Ich bin's, Gretl, vom Wirtshaus. Ich muss mit Euch sprechen!«

»Dann komm rein – wenn du allein bist …«

Gretl öffnete die Tür. Vor ihr stand im Schein einer qualmenden Lampe Fritz und stopfte Papiere in eine Ledertasche, die bereits mit seinen Kleidern, Büchern und anderen Habseligkeiten bis zum Rand gefüllt war. Auf dem Tisch neben ihm stand ein Glas Pflaumenschnaps. Er schien bereits eine Menge davon getrunken zu haben, denn seine Augen stierten sie wild an, seine Wangen waren gerötet, und die Haare hingen ihm wirr um den Kopf.

»Was ist los?«, fragte er. »Was willst du?«

»Diese Geschichte, die Ihr erzählt habt«, begann Gretl, doch weiter kam sie nicht, denn

der junge Mann schlug sich die Hände auf die Ohren und schüttelte heftig den Kopf.
»Sprich nicht davon! Ich wünschte, ich hätte sie nie angefangen! Ich wünschte, ich hätte überhaupt nie Geschichten erzählt!«
»Aber jetzt müsst Ihr mir zuhören!«, sagte Gretl. »Es wird etwas Schreckliches passieren, und ich weiß nicht, was, weil Ihr die Geschichte nicht fertig geschrieben habt!«
»Woher weißt du, dass ich das nicht habe?«, fragte er.
Sie zeigte ihm das Blatt, das sie gefunden hatte. Er vergrub stöhnend sein Gesicht in den Händen.
»Stöhnen hilft nichts«, sagte Gretl. »Ihr müsst die Geschichte ordentlich zu Ende bringen. Wie geht sie weiter?«
»Ich weiß es nicht!«, rief Fritz. »Ich habe den ersten Teil geträumt, und er war so seltsam und furchtbar, dass ich der Versuchung nicht widerstehen konnte, ihn aufzuschreiben. Dann tat ich so, als hätte ich ihn erfunden … Aber mehr ist mir nicht eingefallen!«
»Was wolltet Ihr den anderen dann als Schluss erzählen?«
»Ich wollte etwas erfinden«, erwiderte er. »Das

habe ich schon oft getan, es ist ein Wagnis, das mich reizt. Ich fange an, eine Geschichte zu erzählen, ohne dass ich weiß, wie sie aufhört, und wenn ich dann zum Ende komme, denke ich mir etwas aus. Manchmal ist das sogar besser, als es vorher aufzuschreiben. Ich war überzeugt, dass mir das auch diesmal gelingen würde, aber als dann die Tür aufging und der Alte eintrat, überkam mich Panik ... Ich wollte, ich hätte diese Geschichte nie angefangen! Ich werde nie mehr eine Geschichte erzählen!«

»Aber diese eine müsst Ihr jetzt trotzdem fertig erzählen«, beharrte Gretl, »sonst passiert etwas Furchtbares. Ihr müsst es tun.«

»Ich kann nicht!«

»Ihr müsst!«

»Nie und nimmer!«

»Es ist Eure Pflicht!«

»Unmöglich!«, rief Fritz. »Die Geschichte hat sich verselbstständigt. Ich habe sie in Gang gesetzt, und jetzt läuft sie einfach weiter. Ich habe damit nichts mehr zu schaffen. Ich verschwinde!«

»Aber das dürft Ihr nicht! Wo wollt Ihr denn hin?«

»Irgendwohin! Nach Berlin, Wien, Prag – möglichst weit weg!«
Er goss sich ein weiteres Glas Pflaumenschnaps ein und stürzte es hinunter.
Seufzend wandte Gretl sich zum Gehen.
Zur selben Zeit, als sie sich die dunkle Treppe hinuntertastete, kehrte Karl zum Gasthaus zurück. Er hatte den kleinen Florian zur Turmuhr hinaufgetragen und dort am Rahmen befestigt, ohne das hilflose Strampeln und die flehenden Töne des Prinzen zu beachten. Am nächsten Morgen würde der Prinz sich dort als Karls Meisterstück den erwartungsvollen Blicken der Menge präsentieren. Alle würden Karl gratulieren, Uhrmacher Ringelmann würde ihm den Meisterbrief überreichen, und er würde in die Zunft der Uhrmachermeister aufgenommen werden. Dann würde er zusammen mit dem Ritter in die weite Welt aufbrechen, wo ihn Macht und Reichtum erwarteten.
Doch als er die Tür zur Gaststube öffnete, um den kleinen Ritter zu holen und in seinem Zimmer zu verstecken, überlief ihn plötzlich ein Schauer. Ängstlich blieb er auf der Schwelle stehen. Auch diesmal achtete er nicht auf Putzi, der vom Fensterbrett sprang, als er sah, dass

Karl die Tür öffnete. Man braucht nicht abergläubisch in Bezug auf Katzen zu sein, aber sie sind Teil der Schöpfung wie wir, und wir sollten sie nicht ignorieren. Karl hätte wenigstens mit der Hand hinunterlangen können, damit der alte Kater seinen Kopf daran reiben konnte. Doch war er zu sehr mit sich selbst beschäftigt, und so bemerkte er nicht, wie die Katze an seinen Beinen vorbei in die Stube schlüpfte.

Endlich nahm Karl seinen Mut zusammen und ging hinein. Wie still es in der Stube war! Und wie unheimlich die Gestalt unter dem Segeltuch aussah! Und die Spitze des Schwerts, wie grässlich scharf sie war! So scharf, dass sie das Tuch bereits durchstochen hatte und im Schein der Lampe glitzerte …

Im Ofen fielen polternd einige Kohlen zusammen. Ein roter Funkenregen stob auf, und Karl zuckte nervös zusammen; er musste an das Feuer in der Hölle denken. Zitternd wischte er sich den Schweiß von der Stirn.

Dann begann die Standuhr in der Ecke zu surren und zu schnarren; gleich würde sie schlagen. Karl machte einen Satz wie auf frischer Mordtat ertappt. Mit weichen Knien lehnte er sich an den Tisch. Sein Herz raste.

»Ich halte das nicht aus!«, flüsterte er. »Ich habe doch nichts Schlimmes getan! Warum bin ich nur so nervös? Wovor sollte ich Angst haben?«

Als Putzi ihn sprechen hörte, glaubte der Kater, dass hier vielleicht jemand war, der ihm etwas Milch geben würde, wenn er artig darum bat. Er sprang also auf den Tisch neben Karl und rieb sich an dessen Arm.

Karl fuhr erschrocken herum und sah die scheinbar aus dem Nichts aufgetauchte schwarze Katze. Das war zu viel. Mit einem Schrei sprang er vom Tisch weg.

»Was zum Teufel …?«

Er schlug die Hände vor den Mund, um das Wort zurückzuhalten, aber zu spät. Der Ritter in der Ecke der Stube bewegte sich bereits. Das Segeltuch fiel herab, der Ritter hob das Schwert noch höher, drehte den Kopf hin und her, bis er Karl entdeckte.

»Nein! Nein! Halt … warte … die Melodie … lass mich die Melodie pfeifen …«

Aber Karls Lippen waren zu trocken. Verzweifelt leckte er sie mit seiner trockenen Zunge. Zwecklos! Er brachte keinen Laut heraus. Der kleine Ritter mit dem scharfen Schwert kam näher, und Karl stolperte in panischer Angst durch die Stube, versuchte zu summen, zu singen, zu pfeifen, doch konnte er nur stammeln, weinen, schluchzen, während der Ritter immer näher kam.

Als Gretl zum Gasthaus zurückkehrte, hörte sie drinnen Putzi miauen. »Du dummer Kater«, sagte sie, als sie die Tür öffnete, »wie bist du denn hineingekommen?«
Putzi schoss an ihr vorbei auf den Platz hinaus, ohne anzuhalten und sich streicheln zu lassen. Gretl machte die Tür hinter sich zu und sah sich nach dem Prinzen um. Er war verschwunden. Stattdessen bot sich ihren Augen ein grausiger Anblick. Entsetzt fasste sie sich an die Brust. Dort in der Mitte des Zimmers stand mit kalt schimmerndem Helm und gesenktem Schwert Ritter Eisenseele. Die Spitze des Schwerts steckte in der Kehle des Uhrmachergesellen Karl, der mausetot vor ihm lag.
Gretl wäre fast in Ohnmacht gefallen, aber sie war ein tapferes Mädchen, und sie hatte gesehen, was Karl in der Hand hielt. Es war der schwere, eiserne Schlüssel des Kirchturms. So konnte sie sich trotz des Schwindels, der sie er-

fasst hatte, zusammenreimen, was passiert war und was Karl mit dem Prinzen gemacht hatte. Sie nahm ihm den Schlüssel aus der Hand und rannte aus der Stube und über den Platz zu dem mächtigen, dunklen Uhrturm.

Sie drehte den Schlüssel im Schloss und begann zum zweiten Mal in dieser Nacht, Treppen hinaufzusteigen. Die im Turm waren allerdings höher und steiler als die in Fritz' Pension und außerdem noch dunkler. Fledermäuse schwirrten durch die Luft, und der Wind fuhr mit einem leisen Stöhnen über die Münder der gewaltigen Glocken und ließ ihre Seile rastlos hin und her baumeln.

Gretl stieg unverdrossen weiter, bis sie die unterste der Uhrenkammern erreichte, die den ältesten und einfachsten Teil des Uhrwerks beherbergte. Im Dunkeln tastete sie sich vorbei an riesigen eisernen Zahnrädern und dicken Seilen, an den metallenen Figuren des heiligen Wolfgang und des Teufels, doch den Prinzen fand sie nicht. Also stieg sie weiter. Mit den Händen berührte sie den Erzengel Michael, sie nahm sie allerdings schnell wieder weg, denn die Rüstung des Engels erinnerte sie an den kleinen Ritter. Dann tastete sie an einer Figur

mit einem langen Mantel hinauf und über ein Gesicht, bis sie feststellte, dass es der Schädel von Gevatter Tod war; wieder zog sie die Hände eilig zurück.
Je höher sie kam, desto mehr Lärm machte die Uhr. Gretl war umgeben von ständigem Ticken und Tacken, Klicken und Schnarren, Surren und Rumpeln. Sie kletterte über Streben und Hebel, Ketten und Zahnräder, und je tiefer sie in die Uhr eindrang, desto mehr hatte sie das Gefühl, selbst zu einem Teil des Mechanismus zu werden. Die ganze Zeit spähte sie in das Dunkel und lauschte angestrengt.
Zuletzt kletterte sie durch eine Falltür in die oberste Kammer. Dort schien der Mond silbern auf ein solches Gewirr von Rädern und Bolzen, dass sie sich überhaupt nicht mehr zurechtfand. Im selben Augenblick hörte sie ein kleines Lied. Es war der Prinz, der sie rief.
Geblendet vom Mondlicht, schloss Gretl die Augen. Als sie sie wieder öffnete, sah sie Prinz Florian, der mit der letzten Kraft seines Uhrwerks wie eine Nachtigall sang.
»Ach, du armes kaltes Ding! Er hat dich so festgeschraubt, dass ich dich nicht losbekomme – war das gemein! Er wollte dich sicher hier-

lassen und weglaufen. Was ist mit dir los, Prinz Florian? Du würdest es mir sicher sagen, wenn du könntest. Ich glaube, du bist krank, ja, bestimmt. Ich glaube, du musst erst einmal wieder richtig warm werden. Du bist zu kalt, aber das ist ja kein Wunder, wenn man bedenkt, was sie mit dir gemacht haben. Egal! Wenn ich dich nicht losbekomme, bleibe ich einfach hier oben bei dir. Mein Mantel reicht für uns beide, siehst du. Hier oben sind wir sowieso besser aufgehoben, wenn du mich fragst. Was unten alles passiert ist! Du würdest es nicht glauben! Aber ich erzähle es dir jetzt besser nicht, sonst könntest du nicht schlafen. Morgen erzähle ich es dir, versprochen. Ist es so gut, Prinz Florian? Du brauchst nichts zu sagen, wenn du nicht willst, nicke einfach mit dem Kopf.«

Prinz Florian nickte, und Gretl wickelte ihren Mantel um sie beide und schlang die Arme um den Jungen. So schlief sie ein. Als Letztes dachte sie noch: Er wird wirklich wärmer, ich spüre es genau.

Der Morgen brach an, überall in der Stadt standen Gäste und Bürger auf und frühstückten hungrig. Sie alle waren gespannt auf die neue Figur der berühmten Uhr.

Die schneebedeckten Dächer glitzerten und funkelten unter dem leuchtend blauen Himmel und der Duft frischen Kaffees und frisch gebackener Semmeln zog durch die Straßen. Als es auf zehn Uhr zuging, kam auf einmal ein seltsames Gerücht auf: Der Uhrmachergeselle sei tot aufgefunden worden, ja schlimmer noch, ermordet!
Die Polizei ließ Uhrmacher Ringelmann kommen, um die Leiche zu identifizieren. Zutiefst unglücklich und entsetzt blickte der alte Uhrmacher auf seinen toten Gesellen.
»Der arme Junge! Heute hätte sein großer Tag sein sollen! Was ist bloß geschehen? Was für ein schreckliches Unglück! Wer kann diese furchtbare Tat begangen haben?«
»Kennt Ihr diese Figur hier, Uhrmacher Ringelmann?«, fragte der Wachtmeister. »Diesen mechanischen Ritter?«
»Nein, ich habe ihn noch nie gesehen. Ist das an seinem Schwert Karls Blut?«
»Ich fürchte, ja. Haltet Ihr es für möglich, dass er den Ritter gemacht hat?«
»Nein, ausgeschlossen! Karls Figur ist oben im Turm, Wachtmeister, denn so will es der Brauch: Am letzten Abend seiner Gesellenzeit sollte er sie in die Uhr einbauen, wie ich es sei-

nerzeit auch getan habe. Karl war ein guter Junge, ein wenig still und schwermütig vielleicht, aber ein tüchtiger Geselle. Ich bin sicher, er hat seine Pflicht getan und wir werden in etwa einer Minute seine Figur aus der Kammer treten sehen. Was für ein trauriger Augenblick, wo es doch ein glücklicher hätte sein sollen! Der arme Junge! Die Figur wird sein Denkmal sein.«
Nichts war an diesem Morgen wie sonst. Der Wirt war außer sich vor Sorge, denn Gretl war verschwunden. Was war ihr zugestoßen? Die ganze Stadt war von Unruhe erfasst. Vor dem Gasthaus hatte sich eine Menschenmenge versammelt und beobachtete, wie Polizisten Karls in ein Segeltuch gehüllte Leiche auf einer Bahre heraustrugen. Doch schon bald drehten sich alle um, denn es war fast zehn Uhr, und gleich würde der Mechanismus des Uhrwerks Karls Figur präsentieren.
Alle Blicke wandten sich nach oben. Aufgrund der seltsamen Umstände von Karls Tod war das Interesse noch größer als sonst, und der Platz war so voll, dass man das Pflaster nicht mehr sah. Schulter an Schulter standen die Menschen, die Gesichter aufwärts gewandt, wie Blumen zur Sonne.

Die Stunde begann zu schlagen. Schwerfällig setzte sich der Mechanismus in Gang, und die alte Uhr schnarrte und schnaufte. Zuerst kamen die bekannten Figuren heraus, verbeugten sich, grüßten oder drehten sich einfach ruckend auf den Zehen. Der heilige Wolfgang trat heraus und warf den Teufel über die Schulter, der Erzengel Michael erschien in seiner glitzernden Rüstung, und dann kam die Figur, die vor vielen Jahren Uhrmacher Ringelmann als Meisterstück abgeliefert hatte: ein kleiner Junge, der keck aus seinem Fach sprang, dem Tod eine lange Nase zeigte, mit den Fingern durch die Luft zwirbelte und wieder verschwand.

Und dann kam die neue Figur.

Aber es kam nicht nur eine Figur, sondern gleich zwei: zwei schlafende Kinder, ein Junge und ein Mädchen, so lebendig und schön anzusehen, als lebten sie wirklich.

Der Menge stockte der Atem, als die beiden kleinen Figuren in der hellen Morgensonne gähnten, sich streckten und die Augen aufschlugen, als sie sich beim Anblick des Platzes tief unter ihnen erschrocken an den Händen fassten und dann hell auflachten und schwatz-

ten und auf die verschiedenen Häuser am Kirchplatz zeigten.
»Ein Meisterwerk!«, rief jemand, und eine andere Stimme sagte: »Die besten Figuren, die je geschaffen wurden!«
Immer mehr Rufe der Bewunderung wurden laut.
»Genial!«
»Einzigartig!«
»So lebensecht – sieh nur, wie sie uns winken!«
»So etwas habe ich noch nicht gesehen!«
Nur Uhrmacher Ringelmann spähte, die Hand über die Augen gelegt, misstrauisch hinauf. Und dann erkannte der Wirt, der wie alle anderen unverwandt nach oben starrte, das Mädchen und tat einen Freudenschrei.
»Das ist ja meine Gretl! Gesund und wohlbehalten! Gretl, rühr dich nicht von der Stelle! Wir kommen rauf und holen dich! Bleib, wo du bist! Wir sind gleich da!«
Bald waren die beiden Kinder sicher heruntergebracht – zwei Kinder, denn der kleine Prinz war keine mechanische Puppe mehr, sondern ein richtiges Kind wie andere Kinder, und das blieb er auch. »Das Herz kann nur der schen-

ken, der es zugleich behält«, hatte Dr. Kalmenius Fürst Otto sagen wollen, doch der Fürst hatte ihm ja nicht zugehört. Niemand wusste, woher der Junge kam, und auch Florian konnte sich nicht erinnern. Schon bald fanden sich alle damit ab, dass er ein Findelkind war und dass sie für ihn sorgen mussten, was sie gerne taten.

Den metallenen Ritter mit dem blutigen Schwert nahm Uhrmacher Ringelmann in seine Werkstatt mit, um ihn eingehend zu untersuchen. Fragte ihn später jemand danach, sah er ihn nur kopfschüttelnd an.

»Ich weiß nicht, wie der je funktioniert haben soll«, sagte er. »Er war mit einem Durcheinander der verschiedensten Dinge gefüllt, mit geborstenen Federn, kaputten Zahnrädern und anderen rostigen Teilen, lauter wertlosem Plunder! Hoffentlich hat nicht Karl ihn gemacht, denn ihm hätte ich mehr zugetraut. Tja, meine Freunde, das Ganze ist ein Rätsel, das wir wohl nie ergründen werden.«

Womit er Recht behalten sollte, denn der Einzige, der ihnen die Wahrheit hätte sagen können, war Fritz, und der hatte einen solchen Schrecken bekommen, dass er die Stadt noch vor Sonnenaufgang verlassen hatte. Er kehrte nie wieder zurück. Er floh in einen anderen Teil Deutschlands und hatte schon beschlossen, nie wieder Geschichten zu schreiben, als er feststellte, dass er als Redenschreiber für Politiker eine Menge Geld verdienen konnte. Und was mit Dr. Kalmenius weiter geschah, weiß niemand. Aber er war schließlich nur eine Figur in einer Geschichte.

Und wenn Gretl etwas wusste, so sagte sie es zumindest nicht. Sie hatte ihr Herz an den Prinzen verloren und es zugleich behalten, und dadurch war aus der mechanischen Puppe ein lebendiger Junge geworden. So lebten die beiden glücklich und zufrieden, und damit endet diese Geschichte.

Ende

Philip Pullmann zählt zu den angelsächsischen Autoren, die sich über die Grenzen zwischen literarischen Gattungen ebenso souverän hinwegsetzen wie über die Verteilung der Literatur auf verschiedene Altersschubladen. Er will seine Leser geistreich unterhalten und bedient sich dazu des historischen, des Abenteuer- und Kriminalromans, des Märchens ebenso wie der Fantasy. Nicht selten vermischt er deren Elemente, so zum Beispiel in seinen Bestsellern **Der Goldene Kompaß** und **Das Magische Messer**, die ebenfalls im Carlsen Verlag erschienen sind.

Volker Kriegel, der Illustrator, ist vor allem als Jazzgitarrist bekannt geworden. Er lebt als Musiker, Komponist, Illustrator und Übersetzer in Wiesbaden. Seine satirischen Zeichnungen und Karikaturen sind bei einem großen Publikum beliebt. **Das eiserne Herz** ist das erste Buch, das er für den Carlsen Verlag illustriert hat.